Y. 4370.

Y. 3166.
5.

Moralité

Nouuelle du mauuais Riche et du Ladre. A douze personnages.

¶ Le sermon

Homo quidã erat diues qui induebatur
purpura et bisse / et epulabatur quotidie
splendide. Scribitur Luce. xvii. capło.

¶ Mes cheres gens ceste parolle
Que nul ne doic tenir pour folle
Que iay cy deuant proposee
Dessus leuangille est trouuee
Ainsi que saint luc le tesmoigne
Qui fut present a la besongne
Quant iesucrist nous enseigna
Ceste parolle / et prescha
Et leur dist maint enseignement
Pour aprendre leur sauuement
Et pour le peuple endoctriner
Pour mieulx a la foy encliner
Et pour la grace dieu acquerre
Qui pour nous vint mourir en terre
Et prendre nostre humanite
En la vierge de grant bonte
Qui est de grace tresoriere
Et des saintz cieulx dame et lumiere
Or luy pryons de cueur entier
Que sa grace nous vueille enuoyer
Et pour celle grace impetrer
Nous dirons tous sans arrester
Le salut que lange apporta
En disant Aue Maria
             ¶ Homo quidam etc.
¶ Mes tres cheres gens long temps a
Quil fut vng homs a grant puyssance
Qui de tresor eut grant finance

Et se delectoit moult foꝛment
A estre vestu noblement
Comme de pourpꝛe ⁊ de soye
Cestoit son soulas ⁊ sa ioye
Et a viure tresflargiment
Auoit mis tout son pensement
Mais de poures gens nauoit cure
Ains leur faisoit honte ⁊ laʒ dure
Dont il fut griefuement punys
Et en enfer a tousiours mis·
¶ Quant il vit que damne estoit
Adonc foꝛmant se repentoit
De ce que plus nauoit donne
Aux poures gens ⁊ aumosne
Celuy riche homs que ie compte
Nestoit ne roy/ne duc/ne conte
A sa poꝛte souuent venoit
Vng poure ladꝛe qui estoit
Moult agraue de maladie
Et auoit sa melencolie
Et a menger moult desiroit
Du relief qui luy demouroit
Et des myettes qui escoyent
Jus de la table ⁊ degouttoient
Mais pour neant sen dementoit
Car nul ne luy en presentoit
Si sonnoit il moult haultement
Ses cliquettes abondamment
Dont au mauuais riche despleut
Et enuoya plus tost quil peut
Son varlet par grant felonnie
Et luy dit/ va si me deslye

Mes chiens sans plus arrester
Pour ce meseau le deuourer
Qui si souuent vient a la porte
Va tost a point ne le deporte
℟Et le varlet lors respondit
Quant son maistre parler ouyt
Sire voulentiers le feray
Et voz chiens luy hareray
Alors le varlet sans attendre
Alla les chiens courant prendre
Et les hara appertement
Sur le ladre moult asprement
Mais par la vertu souueraine
Oncques ne peut tant mettre peine
Quau ladre voulsissent mal faire
Car pas a dieu ne vouloit plaire
Mais allerent sans retarder
Au ladre ses playes lescher
Dont au riche formant despleut
Et du courroux que il en eut
Acoucha malade au lict
Et le ladre sans nul respit
Mourut a sa porte deuant
Et puis le riche incontinent
trespassa assez tost apres
Qui fut moult felon & diuers
Et plain de mauuaise nature
Oncques de bien faire neut cure
Dont il fut en enfer damne
Et des dyables emporte
Et le ladre qui eut sa vie
Usee en si grant maladie

Si fut porte en paradis
En grans soullas ꞇ en delie
Et tout cela verrez vous faire
Mais quif vous plaise de vous taire
Sans faire noise ne content
Affin que cest esbatement
Se puist parfaire ꞇ acomplir
Ainsi que nous auons desir
Priez pour moy ie vous en prie
Dieu vous gart tous de villennye
Commence qui doit commancer
　　　　　❡ Trotemenu
❡ Hahay or me fault il leuer
Haro que ie suis endormis
Paresseux ꞇ affetardis
Que picca ne suis apprestre
Je croy le solef est leue
Qui a abatu la rosee
Jay dormy grande matinee
Or me fault il pourpenser
Comment me pourray excuser
Enuers monseigneur ꞇ mon maistre
Que ie voy a celle fenestre
Monsieur le bon iour ayez
Je suis prest ꞇ apparellez
Daller partout ou vous plaira
Soit de la la mer ou deca
Or me dictes voftre plaisir
　　　　　❡ Le mauuais riche
❡ Trotemenu iay grant desir
De viure planteureusement
Et destre vestu noblement

De drap de pourpre ou de soye
Car iay assez or et monnoye
Pour mon estat entretenir
Ainsi quil me vient a plaisir
Or va tost sans plus retarder
Scauoir que nous pourrons menger
Car il est de disner saison
❦ Trotemenu:
❦ Sy voys sans plus darestoyson
A faire vo commant menckne
tout droit men vois en la cuisine
Scauoir si le disner est prest
Hau tripet dis moy est tout prest
Monsieur veuls aller disner
Or me dis sans plus setourner
Se ie tray dresser la table
❦ Tripet le queux
❦ Huy va tost sans faire fable
tu es trop malliment songneux
Se fusses aussi angoisseux
De labourer et de gaigner
Que tu es prest daller menger
Ce fut merueilles de ton fait
❦ Trotemenu.
❦ Laisse moy en paix sil te plaist
Et me parle daulcre acointance
Car de la pance vient la dance
Pource men voys sans arrester
Mettre la table pour disner
Mais quelle soit tresbien garnie
De viande et de vin sur lye
Cest vng mestier qui bien me plaist

Monseigneur sachez quil est prest
Il ne fault que voz mains lauer
Et vous soir sans seiourner
Car la viande vous attent.
tripet le ma dit en present
Vostre queux qui est moult ysnel
Qui vous a farcy ung pourcel
Et dautres viandes assez
                    ¶Le maullais riche
¶Et le bon iour te soit donnez
Comme tu es de franche crine
Et as le cueur a la cuisine
tu ne seras ia malle fin
Dame venez a ce bassin
Voz mains lauer sans retarder
Affin que nous aillons disner
Deliures vous appertement
Car la viande nous attent
Ainsi que trotemenu dit
                    ¶La femme du riche
Monseigneur sans nul contredit
Allons lauer quant vous plaira
De ce ne vous desdiray ia
Ne ne men verrez reffuser
                    ¶Le riche
¶Cest bien dit or allons disner
trotemenu ferme la porte
Et la viande nous aporte
Et va tost sans plus siourner
                    ¶Trotemenu.
¶Ie my en voys sans plus songer
Tripet baille ca la viande

Puis que mon maistre la demande
Et te desiure ie ten prie   ❡Tripet
❡Tro.emenu a chiere lye
Vriens auant tost que tu y metz
Porte a monseigneur ce metz
Si mosteras de ceste paine
          ❡Trotemenu.
❡Sa donc dieu tenuoye bonne estrainte
Monseigneur vecy la viande
Jay tost fait ce quoy me commande
Puis que la chose si me haicte
Mais tay ouy vne cliquette
Sonner a la porte deuant
Je croy cest ce mescau puant
Qui vient tous les iours au disner
Il ne se veult pas oublier
Que voulez vous que on en face
          ❡Le mauuais riche
❡Je ten prie va si le chasse
Il reuient ceans trop souuent
Hare luy les chiens vistement
Le tu los plus riens demander   ❡Le ladre
❡Et que dieu soit en ce disner
Enuoyez moy aucune chose
Car plus auant aller ie nose
trestous les iours mon mal empire
Helas comme mon cueur desire
Destre saoule des miettes
Du relief (et) des chosettes
Qui ius de la table degouttent
Se sont choses qui bien peu coustent
Mais ie les desire forment

Si vous prie amoureusement
Que me vueillez rassasur
Que dieu vous vueille heberger
Lassus en son sainct paradis
¶ Trotemenu mon b. l'amye
Nas tu pas ouy ce truant
Que ie tauoye dit cy deuant
Que de ma porte tu chassasses
Et que les chiens tu luy harasses
Vas le moy chasser vistement

¶ Le riche

¶ trotemenu.

¶ Sire par le dieu qui ne ment
Jen iray faire mon debuoir
Et si vous diray tout de voir
trestous voz chiens luy harceray
Scauoir se chasser le pourray
La ca touret a toy rosette
A celuy a ceste cliquette
Hare here va la va la
Par dieu truant or y perra
trop me faictes auoir riote
Que tous les iours a ceste porte
Venez voz cliquettes sonner
Qui fait monseigneur estonner
Et luy tournent a desplaisir

¶ Le ladre.

¶ Helas mon amy iay desir
trop fort de menger du relief
Dont mon cueur est a tel meschief
Quil mest aduis certainement
Que ie mourray cy en present
Se ie ne suis rassasie

Helas ce sera grant presse
A ton maistre ¢ a toy aussy   ¶Trotemenu
¶Sus tost paillart vuide dicy
Ou tu seras tout devourez
De mes chiens ¢ si atournez
Que iamais ne me feras paine
Hare touret en malle estraine
Sur cest ort vil mesel puant
Comme il fait or le meschant
Faictes le tost dicy partir   ¶Le ladre
¶Vray dieu il me fauldra mourir
En la garde dieu me commant
Qui des chiens me face garant
Si quilz ne me puissent mal faire
Helas qui me tient a contraire
Que ne me puis remuer
tres doulx dieu vueillez conforter
Ceste chetiue creature
Qui vit en peine ¢ ardure
En ceste vie temporelle
Dieu me doint laspiri tuelle
Quant ceste cy si me fauldra
Que iay desir ce long temps a
Car ie voy bien certainement
Pas ne viuray longuement
Ie l. sens bien a mon pommon
                    ¶Le mauuais riche
¶Trotemenu iay grant tenson
Et me vient a grant desplaisir
De se truant que ioz gemir
Que fait il ores le piteux
De dieu aymer nest pas honteux

Que ne as tu les chiens harez
Et que par eulx fust deuorez
Ainsi que commande tauoye
Deliure toy se dieu te voye
Se tu me veulx faire plaisir
Va y tost tu as bon loisir
Puis que nous sommes tous assis
℃ Trotemenu.
℃ Par le grant dieu de paradis
Monseigneur gy ay huy este
Et tous voz chiens luy ay hare
Mais oncques mal ilz ne luy firent
Ne pour le mordre ne se mirent
A incois laloyent couuetant
Et ses deux iambes delechant
Et luy faioient grant feste
Je ne scay moy que ce peult estre
Je croy que dieu y fait vertus
℃ Le riche
℃ Par dieu tu es bien maloftrus
Qui cuides que dieu se mbesongne
Dune si tresor de charongne
Et de si ville creature
Si seroit pour luy grant laidure
Je croy que tu es rassotez
Fais que lhuys si soit bien fermez
Que ce mescau ny puisse entrer
Va tost dieu te puist crauanter
Car riés donner ne luy feray   ℃ Trotemenu
℃ Monseigneur ie lenchasseray
Se ie puis par quelque maniere
Or sa truant passer arriere

Trefort vilain meseau pourry
Que de dieu soyez vous pugny
tant me faictes auoir de paine

¶Amy dieu te doint bonne estraine   ¶Le ladre
Pour quoy me dis tu tant de laydure
Se ie suis poure creature
De maladie entrepris
Dieu qui est sur tous prefis
Ma batu dont ie suis malade
Par tout le corps et le visaige
Aller ne puis nauant narrere
Car iay perdu la lumiere
Et si scay bien certainement
Que pas ne viuray longuement
Je sens bien la mort qui maproche
Qui tout homme prent et acroche
Laisse moy ester ie ten prie
Que dieu te gard de villennie
Je ne puis plus a toy parler

¶Trotemenu.

¶Pour voir tu me feras blasmer
Se ne ten vas de ceste porte
tu ne scais pas la grant riotte
Que mon maistre pour toy demaine
Car tu ne cessas de sepmaine
De tes cliquetes cliqueter
Qui font monseigneur estonner
Je men reuoys a dieu te dis   ¶Le ladre

¶Ha tresdoulx dieu de paradis
Que ce mal me va angoissant
Vray dieu par ton digne command
Oste moy tost de ceste vie

Car de viure trop il mennuye
Et menuoye auec tes amys
Qui sont o toy en paradis
A celle digne compaignie
Du ne regne orgueil nenuye
Si te requiere en guerdon
Doulx dieu que me faces pardon
De mes pechez (et) allegrnce
Et me gardes de la puyssance
Des laz de lennemy denfer
Quilz ne me puyssent attraper
Je le te requiers bonnement
Et que a mon trespassement
Nayent en mon ame puyssance

¶Dieu le pere

¶Abraham iay grant congnoissance
Et compassion (et) pitie
Du poure lazare qui a este
Si long temps en grief maladie
Pource luy veulx donner la vie
Que iay promise a mes amys
Pour ce sera pose (et) mis
Par mes anges prochainement
En ton saing ie le te comment
Mes anges y veulx enuoyer

¶Abrah

¶Vray dieu bien my doys ottroyer
Puis que cest voftre voulente
Louee en soit la trinite
Et voftre hault nom glorieux
Qui est tant digne (et) precieux
Que nul ne le scauroit nombrer
On ne vous peult assez louer

Soit faicte Vostre Voulente
¶ Dieu.
¶ Raphael il me Vient a gre
Du poure ladre Visiter
Pource te conuient deualler
La bas a luy incontinent
Rendre luy Vueil son payement
Du mal quil a tant endure
Et si paciemment porte
Il aura ioye sãs finer   ¶ Raphael
¶ Vray dieu bien me doys encliner
A faire Vo commandement
Pource men Voys ioyeusement
Le poure ladre conforter
Et Vouldray son ame porter
Au sain nostre pere abraham
Car il a souffert grant aham
tant comme il a este au monde
Pource doit estre pur ã monde
Sã ame ã biê purifice   ¶ Le ladre
¶ Vray dieu que ceste maladie
Forment me destrainct ã oppresse
Lon temps ay souffert grant destresse
Dont ie seuc mon createur
Qui de tous maulx rent le labeur
A ceulx qui ont la congnoissance
De son nom ã de sa puissance
Vray dieu ie ne puis plus parler
En tes mains Vueil recommander   ¶ Sathan
Lame de moy ie nen puis plus
¶ Haro que ie suis esperdus
Se meseau nous eschapera

Ie voy raphael par dela
Qui a ia son ame saysie
Rahouart vien ca ie te prie
Allons a luy sans arrester
Scauoir se luy pourrons oster
Si lamenrons a la chauldiere
Du il na clarte ne lumiere
Et nous auancons ie ten pry

Rahouart

Sathan trop auons fait pour ty
Maulgre dieu de ce raphael
Comme il est songneux a ysnel
De venir sa proye requerre
Iay tel dueil que le cueur me serre
Quil nous est ainsi eschappe
Que dieu en ait ores maulgre
Non pourtant nous fault approuuer
Scauoir se luy pourrons oster
Or va dela a moy deca

Sathã

Sa raphael or y parra
Le ladre nemporterez vous mye
Il sera en no compaignie
En enfer ennuyt hostellez

Raphael

Certes ia part vous ny aurez
Car vous y perdriez vostre peine
Allez vous en/en pute estraine
De par dieu ie le vous command

Rahouart

Bien auons perdu ce truant
Sathan par trop longue demeure
Maulgre dieu que ne scauions lheure
Or nous en allons ie ten prye
Labas en ceste manauldie

Ou demeure le mauuais riche
Qui est tant peruers ꝗ tant chiche
De cestuy la me puis vanter
Que il ne nous peult eschapper
Or y allons appertement
                    ¶Sathan
¶Maulgre dieu ie men voys huant
Je suis plus songneux que tu nes
Or nous tenons de luy bien pres
Si quil ne nous puyst eschapper
                    ¶Lucifer
¶Aggrappart/va sans arrester
Querre sathan ꝗ rabouart
Quilz viennent tantost celle part
Car scauoir veulx de leur commine
Ne cuydes pas que ie deuine
Va tost/que tu es endormys
                    ¶Agrappart
¶Maulgre dieu ꝗ tous ses amys
Que ie soys entre en mal an
Se ie ne voys querir sathan
Tous les dyables y ayent part
Je croy que vela rabouart
Je men vois a luy sans tarder
Pour luy dire ꝗ denoncer
Quil viengne a lucifer parler
Et que sathan vueille auancer
Rabouart dis moy dont viens tu
Mais as tu point sathan veu
Se tu las veu si le me dy
Et venez tous deux sans detry
Parler a lucifer mon maistre

Je ne scay pas que ce peult
Car il est bien fort courrouce
Aduis mest quil est enrage
Venez a luy diligemment
        ¶ Rahouart
¶ Sathan iay veu en present
Agrappart qui se part dicy
Allons men sans faire estry
Lucifer nous enuoye querre
Hastons nous allons y grant erre
Je cuyde que il soit trouble
Du meseau qui est eschappe
Annuyt auras malle iournee
        ¶ Sathan
¶ Que maulgre bieu de ceste allee
Je croy que nous serons blasmez
Tresbien batus & fustiguez
Et ne le pouons amander
Je vous salue prince denfer
A nous dire vostre plaisir
        ¶ Lucifer
¶ Sathan iay tresgrant desplaisir
Apeu que ne suis forcene
Du ladre qui nous est oste
Sa este par vostre ignorance
Et aussi par la negligence
De rahouart que la ie voy
Mais par la foy qua vous te doy
Batus en serez&fustez
        ¶ Sathan
¶ Or sa que dieu en ait maulgrez
Nous neusmes repos de sepmaine

Pour ce ladre qui tant de peine
Nous a donne ꝗ nuyt ꝗ iour
Or auons perdu no labour
Et encores sommes batus
ⅭRashouart
ⅭHaro que ie suis esperdus
Et ay le cueur triste ꝗ marry
De ce que nous auons failly
Mais endurer le nous conuient
Scez tu de qui il me souuient
Je le te diray maintenant   ⅭSathan
ⅭOr le me dis incontinent
Et puis nous allons reposer
Car ie suis trauaille daller
Dis moy ꝗ cest ie ten requier   ⅭRashouart
ⅭTu scez bien que nous fusmes hyer
Pour espier ꝗ escouter
Le riche qui a son disner
Se faisoit seruir haultement
Quant il nous vint vng mandement
Que lucifer nous enuoya
Par agrappart que ie voy la
Que nous venissions sans tarder
Par deuers luy sans arrester
Cela nous deffist nostre fait   ⅭRaphael
ⅭTres doulce dieu iay eu bien tost fait
Ainsi que mauiez commande
Au poure ladre ou iay este
Qui est trespasse de ce monde
Voy cy son ame pure ꝗ monde
Quauecques moy ay apportee
Dictes moy ou sera posee

Car elle souffre grant assay   ¶Dieu.
¶Au sain de son pere abraham
Veulx quelle soit posee et mise
Car rendre luy vueil le seruice
De la peine quil a soufferette
Or naura il iamais souffrctie
Mais ioye et consolation
Le ie luy donne en gardon
Pource que cy pacientement
A porte et si longuement
Sa douleur et sa maladie
Pource vueil que luy soit merie
A cent doubles cest bien raison
Or la metz sans arrestaison
ou ie tay incontinant dit
Du toute ioye et delit
Aura car ie le vueil ainsi
Aussi il a bien desserui
Car souffert a grant maladie   ¶Raphael
¶Tres doulx dieu ie vous remercie
Car on ne vous peult trop louer
or bien scauez gardonner
A chacun selon sa desserte
or sera ceste ame offerte
En la ioye qui tousiours dure
Sainct abraham prenez la cure
De ceste ame que vous presente
Qui a vsc sa iouuente
En ardeur et en maladie
Pource luy a dieu remerie
En ioye soulas et doulcour
Sans auoir paine ne tresour

Or la prenez ne vous dis plus
¶Beau filz tu soys bien venue
Que benoiste soit la iournee
Que tu vins en ceste contree ¶Abrahã
Or test la peine en ioye doublee
Qui ne peult estre racompter
De terrienne creature
Ne de bouche ne descripture
Ainsi comme tu peux veoir
¶Haro dame saichez pour voir ¶Le riche
Que ie me sens en mauuais point
Ie croy qun vert au cueur me point
Qui tout le corps me fait fremir
Ie vous prie sans plus de loisir
Que me faictes tantost coucher
Car ie me sens trop engoisser
Vostre main vng pou me prestez
Tatez que ie suis eschauffez
De douleur vois tout tressuant
Ie croy ce ma fait se truant
Meseau pourry qui a ma porte
Nous a mene si grant riote
Huy ne cessa de mestonner
De prescher et de sermonner
Quon luy donnast de no'relief
De dueil ma eschauffe le chief
Et tout le corps et le visaige
Haro a peu que ie nenraige
Ie me sens trop fort agraue
Ie vous prie que soie porte
Dessus mon lit le cueur me fault
　　　　　¶La femme du riche.

¶Monsieur vous auez trop chault
Et si vous estes eschauffe
Et yre et courrouce
Or vous rasseurez vng poy   ¶Le riche
¶Dame par la foy que vous doy
Je ne me puis plus soustenir
A terre me lairay choir
Portez moy tost sans plus attendre   ¶La femme
¶Monsieur iay le cueur trop tendre
Et me vient a grant desplaisir
Du mal que ie vous voy souffrir
Trotemenu viens sant tarder
Monsieur fault vous aller coucher
Je ne scay quel mal luy est prins
Dont tout le corps a intreprins
Je croy certes quil se mourra
Ja de ce mal neschappera
Il le nous fault aller coucher
Deslure toy ie ten requier
Aincois qui soit plus agraue
Moult est palle et descouloure
Cela luy a fait ce truant
Qui a celle porte deuant
Ne cessa huy de cliqueter
Scauoir son luy vouldroit donner
Des myettes de nostre table
Se nest pas chose trop coustable
Mais monsieur trop le hayoit
Pource que tousiours reuenoit
Leans a lheure de disner
Ses cliquetes faisoit sonner
Dont monsieur cest courrouce

Or fault quil soit tantost couche
Allons le coucher vistement   ¶ Trotemenu
¶ Ma dame a vo commandement
Allons y donc sans plus atendre
Je vois sa couuerture estandre
Allez si le faictes venir   ¶ La femme:
¶ Lasse il ne se peult soustenir
Viens marder a le mener
A peu quil ne peult mais aller
Voy comme il est noircy
Or sa monsieur ie vous pry
Plaise de vous resconforter
Il vous fault vng peu reposer
Et vous coucher sus vostre lit   ¶ Le riche
¶ Par dieu dame iay grant despit
Trestout le cuer me frit & art
Se ma fait se truant paillart
Faictes ql soit dehors boutez   ¶ La femme
¶ Monseigneur or ne vous troublez
Ny pensez plus ie vous en prie
Car ie cuide quil ny est mye
Alle sen est a mon cuider
Non pourtant gy vois enuoyer
Trotemenu va tost courant
Scauoir se le meseau puant
Sen est alle de ceste porte
Trop nous fait ennuy & riotte
que ainsi vient de iour en iour   ¶ Trotemenu
¶ Gy vois sans faire nul seiour
Scauoir sil est plus la dehors
Haro ie cuide quil soit mors
A ma dame le vois noncer

Ma dame sachiez sans cuider
Que le meseau est trespassez
La hors gist tout enuersez
Monseigneur plus nestourdira
Je cuide quant il le saura
Son mal luy sera allegez
Dr luy soit laffaire contez
Ma dame ce cest vo plaisir
Assauoir mon se resiouir
Se vouldra quant il lora dire   ¶La femme
¶Tu as bien dit ie luy vois dire
Monseigneur de ca vous tournez
Et soyez tout reconfortez
Trotemenu vient de la porte
Qui des nouuelles vous apporte
Du poure ladre qui est mors
Le corps gist illecques dehors
Plus ne vous fera desplaisir
Dr pensez de vous resiouir
Car plus ne vous estonnera
Ne riens ne vous demandera
De ce pencez estre certains   ¶Le riche
¶Dame de mal suis trop attains
Je croy que mourir me fauldra
Tirez vous pres de moy deca
Je cuide & croy de certain
Pas ne viuray iusqua demain
La douleur me tient en la teste   ¶Lucifer
¶Sathan va tost & si tappreste
Que tu es paresseux & lentz
Nous aurons auiourdhuy ceans
Le mauuais riche sans doubter

Il ne peult plus auant aller
Or va doncques icelle part
Et maine auec toy rahouart
Et garder quon ne le vous oste
Apportez le en ceste hotte
Et faictes quil soit bien liez
Par bras par iambes et par piedz
Ie vous prie que vous hastez

         ¶Sathan

¶Or sa dieux en ait maugrez
Rahouart pensons de aller
Et de nostre affaire haster
Prens ton croq et nous en allons
Iay desir que nous le trouuons
Auant quaultre la main y mette
De ce me vouldray entremettre
Et le liray estroictement
Et luy feray assez tourment
Car il a tresbien desseruir
Auancons nous ie te supply
Affin quil ne puisse eschapper

         ¶Rahouart

¶Iay tresgrant faim de le trouuer
Maulgre bieu ie men voys deuant
De ce croq liray acrochant
Puis sera mis en ceste hotte
Et affin quon ne le nous oste
Nous le lierons estroictement
Ie luy feray assez tourment
Or escoustons icy dehors
Scauoir se lame est plus au corps
Affin que la puissons happer

¶Sathan
¶Tu dis vray il fault escouter
En quel point ilz sont la didans
Jay apporte deux bons lians
Pour le lier en ceste hotte
Jay paour quon ne le nous oste
Di allons scauoir ie ten prie
Se lame est du corps departie
Affin que ten soye saisis
Maulgre dieu il est encor vifz
Je croy quil nous eschappera
Bien mal aduenu nous sera
Battre nous fera(rouller
Il le nous vault mieulx emporter
En ame (t en) corps tout enuye
          ¶Rahouart
¶Tu as bien dit ie men agrie
Mais iay doubte que no puissance
Nait pas du corps la congnoissance
Aussi du corps nauons que faire
Tu as souuent ouy retraire
A nostre maistre lucifer
Qui est assez plus noir que fer
Que lame du riche estoit nostre
Di gardons quon ne la nous oste
Attendons le departement
Pas ne peult viure longuement
Da au cheuet giray aux piedz
Que nous ne soyons enginez
Et pence de bien espier
          ¶Sathan.
¶De cela ne me fault prier

Maulgre dieu quil vit longuement
Jeluy rendray son payement
De ce quil nous fait tant de paine
Nous ne cessames de sepmaine
Mais sachez quil lachatera
Quant en enfer boute sera
La luy feray assez souffrir
℞ Le riche
℞ Cest fait dame il me fault mourir
Ja de ce mal neschapperay
Et plus auec vous ne seray
Vng peu de moy vous approchez
Et dicy ne vous eslongnez
De ce siecle me fault partir
or vient trop tard se repentir
De ce que iay peu aulmosne
Du mien (a aulx poures donne
Et par especial au ladre
Qui a ma porte fut malade
Tant que du siecle trespassa
oncques vng morceau ne gousta
Mais commanday quil fust batu
Et laydange (a mal venu
Je croy le dyable me tenoit
Qui de ce faire menhortoit
Qui me tenoit en auarice
Trop le creu dont ie fuz nice
or me fault tout laisser (a perdre
Puis que la mort me vient enhardre
Je ne puis plus a vous parler
Mon cueur ne le peult endurer
Je men voys plus ne parleray   ℞ La seme

Lasse dolente que feray
Puis que iay mon seigneur perdu
Trop mal il men est aduenu
Car il maymoit de bonne amour
Et portoit honneur nuyt ⁊ iour
Combien quil fust moult orguilleux
Et peu vers poures gens piteux
Enuers moy ne lestoit il mie
Or ay perdu sa compaignie
Lest fait lame du corps se part   ❡Sathan:
❡Auance toy tost rahouart
Voy tu pas quil est trespasse
Bien tost nous seroit eschappe
Prensen garde ie ten requiert   ❡Rahouart
❡Sathan point ne ten fault doubter
Ne vois tu pas que ie la tiens
Aporte ca ses deux liens
Puis sera en la hotte mis
Il a eu trop ses delitz
Au monde ou il a vescu
oncques plus auers homs ne feu
Ne plus conuoiteux voirement
or lemportons toyeusement
En enfer ou il sera mis
La sera batu ⁊ laudis
Et aura paine sans cesser   ❡Sathan
❡A lucifer lallons porter
Qui en aura ioye moult grant
or nous en allons en chantant
Car il a long temps desire
or en fera sa voulente
Je vous salue lucifer

Prince (et) maistre de tout enfer
Nous vous aportons cy le riche
Qui au grant pechie dauarice
Si a regne toute sa vie
Or est en vostre seigneurie
Faictes en tout vostre plaisir   ❡Lucifer
❡Sathan tu scez que mon desir
N'est que mal faire (et) penser
De ce ne me puis ie lasser
Oncques de verite n'euz cure
Aincois hay toute creature
En qui verite sy demaine
Or va tost sans faire demaine
Mettre ceste ame en la chaudiere
Ou il n'a clarte ne lumiere
Pensez de bien la tourmenter
De ce ne vous vueillez lasser
Je le vo[us] command orendroit   ❡Agrappart
❡Si fort souffleray que rougir
Luy feray os (et) nerfz (et) chars
Mal fut oc son auoir eschars
D'un peu du relief de sa table
Quant il en refusa au ladre
Au monde gras morceaulx mengoit
En esbatemens (et) en ioyes
Durement est le deschange
Quant de dieu es si estrange
Auant auant tous cy endroit   ❡Le riche
❡Helas iay fait mauuais exploit
Quant iay ainsi mon temps vse
Sans faire nulle charite
Oncque de bien faire n'euz cure

Aux poures gens / mais toute injure
Et toute desolation
Or suis venu en la maison
ou me fault tant souffrir de maulx
Par la puissance aux infernaulx
Pere abraham ie vous requier
Que vous me vueilles envoyer
Le poure ladre que tenez
Qui auec vous est hostelez
En ce saint paradis lassus
Pour dieu quil descende ca ius
Son petit doy vueille toucher
En eaue pour moy adoulcer
Ma langue qui en la flambe art
Du feu denfer dont iay ma part
Or en prens pitie ie ten pry

¶Abraham

¶Beau filz tu las bien desserui
Or te souuienne des grans biens
Des grans estatz & des maintiens
Des richesses que tu as euz
Quant iadis au siecle tu fus
Ton corps endelit abondoit
Lors de dieu ne te souuenoit
Ne de ses poures soustenir
Noncques de tes biens departir
Ne leur voulus ne riens donner
Or ten fault la paine endurer
Denfer qui iamais ne fauldra
Mais de plus en plus te croistra
Et le ladre qui a sa vie
Souffert si griefue maladie
La portee paciemment

Et endure si doulcement
Le mal que dieu luy enuoyoit
Sachez quil a fait bon exploit
Or est en consolation
En ioye et delectation
Car il a moult bien deserui
Et pas ne la mis en oubly
Celuy qui scait remunerer
Et len a en ioye doubler
A ceulx qui le veulent seruir
Cest celuy qui scait bien merir
Cest celuy qui nul bien noublie
Cest celuy qui a la seigneurie
Dessus tous ceulx qui sont au monde
Tant comme il dure a la ronde
Tousiours aura ioye et soulas
Et tu demourras la en bas
En enfer auecques les dyables
Qui sont si trefespouentables
Que cest merueille de le voir
Assez peulx plaindre et gemir
Car prieri ny a mestier   ¶Le riche
¶Pere abraham ie te requier
Puis que mercy ne puis auoir
Ne pour plaindre ne pour douloir
Que le lodre vous transmetez
Chez mon pere par voz bontez
Du cinq freres ay encor vifz
Quil leur die par bon aduis
Quilz vueillent amander leur vie
Affin que ilz ne viennent mye
De tourmens ou ie suis entrel

Qu'il na' mercy ne pitie
Mais pleure a grans gemissemens
Et tant de si diuers tourmens
Quil nest clerc qui le sceust escripre
Ne cueur penser/ne Bouche dire
Pere abraham quant le scauront
Bien leurs Vices aduiseront
Or ten souuienne ie ten pry
℟Abraham
℟Ta requeste pas ne loctry
Ilz ont moyse ₵ les prophetes
Qui sont saiges ₵ moult honnestes
Croyent ces ilz feront que saiges
Ny auront peine ne dommaiges
De cela ne leur fault doubter
Car par eulx pourront conquester
Le royaume de paradis
Ou il na que ioye ₵ deslicz
Qui tousiours dure sans cesser
℟Le riche
℟Pere abraham a brief parler
Saulcun des mors a eulx allast
Qui les choses leur affermast
Qui sont doubteuses ₵ obscures
Aux terriennes creatures
Certes trop mieulx ilz les croiroient
Et aussi moins redoubteroyent
Que ilz ne font pas sainctz prophettes
Combien quilz sont sages ₵ honestes
Et que leurs dis sont Veritables
Et leurs enseignemens estables
Pource Vous supply ₵ requier

Le ladre y vueillez enuoyer
Affin quilz amendent leurs vies
Et que leurs ames pas perties
Ne soient ainsi comme ie suis

℃Abraham

℃En tes parolles na quennuye
Ne tu ne scez que tu veulx dire
Il leur deuroit assez suffire
Des prophetes ouyr parler
Car ie tey puis bien affermer
Que leurs parolles a leurs ditz
Sont assez de plus grans proffitz
Que de ceulx qui sont trespassez
Et fait trop mieulx encore assez
Comme les mors croire pourroient
Quant les prophetee quilz voient
Ne veulent croire ne entendre
Nul homs ne me fera entendre
Ne ne me pourroye accorder
Quu mort les peuft mieulx sermonner
Que moyse se ilz vouloient
Et a bien faire entendoient
Croient les a ilz feront bien
En faitz en ditz a en maintien
Car par eulx pourront conquester
La ioye qui ne peuft finer
Laquelle ioye vous ottroit
Cil qui tout scait a par tout voit
Qui vit a regne a regnera
In seculorum secula   Amen

℃Explicit

Le mistere

Du chevalier qui dõna sa femme
au dyable A dix personnages.
Cest asscauoir.

Dieu le pere
Nostre dame
Gabriel
Raphael.
Le chevalier
Sa femme
Amaury escuier
Anthenor escuier
Le pipeur
Le dyable

Dame vous pouez bien scauoir
Que fortune ma biens donne
Et quel ma tresor amene
Pour maintenir ma seigneurie
En estat de cheualerie
Il nya en tout ce pays
Plus riche homme que ie suis
Je dis sans soucy
De villaine dis fy
De gens suis garny
Tant que ien vouldray
De biens suis garny
Je puis mettre au ny
Ceulx que ie vouldray

℃La dame

℃Mon doulx amy ie vous diray
Se des biens auez largement
Merciez dieu deuottement
Car sachez veritablement
Que sa grace les vous enuoye
Qui bien si employe
Des ccculx lamontioye
Il peult acquerir

℃Le cheualier:

℃Et puis belle me maintenir
Pour mon estat faire valoir
Nul ne mose desdire
Chacun rr e dit sire
Dieu vous doint bon iour

Jay ce que vueil dire
Je puis rire ⁊ bruire
Pour le faire court
De mes biens seray plantureux
En donnant a ceulx de ma court
De me seruir seront ioyeux
Doubter me feray bref ⁊ court
      ¶ La dame
¶ Dissimuler faire le sourt
Vault mieulx que pompe trop regner
Car on voit pour le temps qui court
Presumptueux bien bas mener
Moyennment se fault gouuerner
Sans vouloir a hault monter tendre
Fortune souuent bien myner
Ceulx q veullent trop entreprendre
      ¶ Le cheualier
¶ Il nest nul qui me sceust reprendre
De mes fais si feray mon vueil
      ¶ La dame
¶ Qui veult follement tout despendre
Mourir doit en peine ⁊ en dueil
      ¶ Le cheualier
¶ Dame ie vous deffens sur loeil
Que ne men parlez plus
      ¶ La dame
¶ Mon amy
Puis quil vous plaist
Dont ie le vueil
Car bien voy quen estes marry

¶Le cheualier?
¶Uenez auant tost amaulry
Et Uous anthenoz/ie Uous donne
De mon auoir a abandonne
Une tresgrosse quantite
Car ie congnois en Uerite
Que me seruez honnestement
Sans me fraulder aucunement
Et pourtant ceste cy aures
Doz tout plain Uous le partires
Ensemble comme il Uous plaira
¶Amaulry
¶Chascun de nous Uous seruira
Monseigneur en tous Uoz affaires
Pas ne deuons estre contraires
A Uostre Uouloir sans doubtance
Ueu cest argent cy quen presente
Nous auez donne/grant mercy
¶Anthenor
¶Monseigneur nayez nul soucy
Que nous Uous seruiron en tel cas
Ung tel maistre ne debuons pas
Desdire a faire son talent
Certes iauroye le cueur dolent
Se riens auiez qui ne fust bon
Ie Uous mercye de ce don
Que present nous auez donne
¶Le cheualier.
¶A tous Uueil estre habandonne
Sans reffusez riens a nully

Affin que ie soie renomme
A tous vueil estre habandonne
Chacun si sera guerdonne
Qui me seruira sans ennuy
Sans reffuser riens a nulluy
¶La dame

¶Helas au cueur naure ie suis
Quant mon doulx espoulx et mary
Dissipe ses biens sans raison
Quant se trouuera dessaisi
De ces biens en toutes saison
O Vierge de tresgiant renom
Pour ta saincte conception
Me vueille preseruer de blasme
En toy est mon affection
En toy est ma protection
Mere de dieu sans nul diffame
O haulte dame
Garde sa poure ame
Que mal ne lentame
Dont puisse perir
Ta doulceur reclame
Que mon cueur enflame
Tant quen fin la flame
Ne puisse sentir
¶Amaury

¶Anthenor il nous fault partir
Noustre auoir quant nous aurons temps
Selon ce que voy et entens
Nostre maistre nous fera riches

Ne ressemble pas ces gens chiches
Qui nosent pas leur saoul menger
Anthenor
¶ Nous sommes hors de grant danger
Quant auons argent a puissance
La char bieu bien ie prendray
De le flater soir et matin
Tant feray que aucun grant butin
Me donnera present ie men doubte
Amaury
¶ De la voltre part somme toute
Faictes en ce que vous vouldrez
Anthenor
¶ Par deuers nobis vous vendrez
Je prendray cecy et tant moins
Amaulry
Quant nous deux aurons les sacz plais
Il fauldra de luy conge prendre
Mais auant/il nous fault contendre
A le seruir de belles bourdes
Pour tousiours attraper du caire
Anthenor
¶ Je scay tout ce quil y fault faire
Bauer flater et bien mentir
Font souuent trucheurs venir
En grant bruit et court de seigneurs
Le chevalier
¶ Jay renom sur tous les greigneurs
Pour mes largesses et honneurs
Que fais a tous ceulx de ma terre

Certes tous mes predesseeurs
Ne furent oncques possesseurs
De tant de biens sans auoir guerre
Si tost que aucun me vient querre
Ung don ie luy octroye bonne erre
Et pourtant de tous suis prise
Grans possessions puis acquerre
Mon plaisir par tout ie vueille querre
Poure estre mieulx auctorise
Quant iay vise
Et tout deuise
Ung tel aduis ay
Que mieulx mensera
Homme desprise
De tous refuse
Sil est accuse
Nul ne laidera
Mais moy iay grant port
Auoir et support
Par quoy me tient fort
Encontre tous cas
Car se iauoye tort
Par mon dur effort
Je vaincray la mort
Noyses & debatz
Jay ce que desire
Puis chanter et bruire
Chascuy me dit maistre
Dieu vous doint bon iour
Nul nose desdire

Ce que ie vueil dire
Saillir puis ct bruire
Quant vient a mon tour
Mais que vault finance
Qui na sa plaisance
Ou qui ne sauence
Destre plantureux
Pa iuste eloquence
Chascun sans doubtance
Dit par sa sentence
Quil lest maleureux
Comment va franc cueur gracieux
Mamye quelle chiere faictes vous
Vous voiez que ie suis sur tous
Honore pour ma grant largesse
Ie suis lapuy de gentillesse
Chascun mobeyst sans faueur
℃La dame
℃Pensez a la fin monseigneur
Et sachez que ioye dissolue
Deuant dieu nest point de valeur
Prodigue estes trop bien le voy
Dont iay grant doubte par ma foy
Quen la fin nen soiez mary
Et que pensez vous mon amy
Dainsi le voustre dissiper
Voz iours voulez anticiper
Pour mourir miserablement
Se des biens auez largement
Donnez aumonsnes pour dieu

Et certes en temps ꝗ en lieu
Vous vauldra soyez en certain
Flateurs vous soustenez a plain
Et leurs impartissez voz biens
Tellement que nauez plus riens
Vous auez fait ioustes tournois
Et tout ne vous vault vng tournoys
Que sont deuenuz voz cheuaulx
Sur quoy faisiez les grans saulx
Vostre auoir fort se diminue
Que vault tel pompe entretenue
Qui vient a tel confusion
Du nom de la conception
De la tresglorieuse dame
Que leglise au iourduy reclame
Vueillez sur ce point cy viser
Et de ce mal vous auiser
Qui ainsi vous maine a declin
¶ Le cheualier
¶ Me tenez vous tant pour badin
Que ie naye point de sens en moy
Ie nen feray riens par ma foy
Pour chose que maillez preschant
Et se plus me venez preschant
Puis ꝗl me plaist saichez sans faille
Quentre nous deux aura bataille
Taisez vous ne men parlez plus
¶ La dame
¶ Puis que a cela estes conclus
Plus ne pense a vous en parler

Mais ie me doubte au pis aller
Que pis ne nous soit a tous deux
    ¶Le cheualier
¶Or vous en taisiez ie le veulx
Que nayez sur voftre visaige
Ie suis assez prudent et saige
Pour me gouuerner par honneur
    ¶La dame
¶Dieu le vueille ainsi monseigneur
Autrement marrie ien seroye
    ¶Le cheualier
¶Sachez que mon vouloir semploye
A tout plaisir mondain auoir
Et nespargneray or ne monnoye
Pour acomplir tout mon desir
Vng seigneur tant quil a loisir
Si se doit donner de bon temps
    ¶La dame
¶Aucuneffois par grans despens
Excessifz et trop oultrageux
Plusieurs en viennent souffretteux
Qui puis si se vont repenttens
De ce quilz ont despandu tant
Que plus nont de quoy bien faire
    ¶Le chalier
¶Ne cesserez vous huy de braire
Ie men vois et vous laisseray
Mon courroux en peu passeray
Auec mes gens quest ce cy dea
Le grant dyable vous aura

A tant parler
Hau amaury
          ¶Amaury
¶Monseigneur
          ¶Le cheualier
¶Jay le cueur marry
Et trouble moult amerement
          ¶Amaury
¶De quoy sire
          ¶Le cheualier
¶Certainement
Ma femme caquetoire
Si me veult par son consistoire
Faire deuenir vng hermite
Elle ma dit que ie lay destruicte
De donner en ce point le mien
          ¶Amaury
¶Ha monseigneur ne croyez rien
De chose que femme vous die
Auoir en pourrez maladie
Se le metticz en vostre cueur
Vous estes vng homme dhonneur
Prudent large et habandonne
Se riens du vostre auez donne
Nest nul qui vous en sceust reprendre
          ¶Anthenor
¶Par le sang vous pouez despendre
Tout vostre vaillant vueille ou non
Mais femmes si ont tel renom
Que pour riens ne se veulent taire

Penſez de bonne chere faire
Tant queſtes en bonne ſante
Quant mort ſerez en verite
Chaſcun vous mettra en oubly

       Le cheualier

Par la mort bieu il eſt ainſi
Il neſt tel que diſtre ioyeux
Quant ie ſeray vſe a vieulx
Ie me tiendray lors a loſtil

       Amaury

Par le ſacrement de lautel
Vous auez treſbien propoſe

       Le cheualier

Chaſcun de vous ſoit diſpoſe
De venir on ſe peut eſbatre
Iuſques a trois heures ou quatre
Pour paſſer ma melencolie

       Anthenor

Quãt vo⁹ plaira ne doubtez mye
Amaury a moy nous irons

       Amaury

Voſtre voulente nous ferons
Sire bien y ſommes tenus
Quant par vous tous deux ſouſtenus
Nous auons eſte iuſqs cy

       Le cheualier

Lecy vous donne

Tous deux   Grant mercy

Penſons tous daller alebat
Saulcun gallant vers nous ſabat

Pourueu quil soit de lieu de bien
Nous trouuerons quelque moyen
De iouer a quelque bon ieu
　　　　　Ⓒ Anthenor
Ⓒ Vous dittes biens p̃ la mort bieu
Encore ay ie cinquante escus
　　　　　Ⓒ Le dyable
Ⓒ Se ie puis venir au dessus
De ce cheualier par mon art
Ie le tireray de ma part
En despit de sa faulce femme
Qui ainsi chascun iour reclame
Celle marie qui tant nous fait
De despit a noz gens retraict
Par sa tresorde bauerie
Par mon barat a tricherie
Les auray tous deux se ie puis
On scet bien que caute lleux suis
Assez pour trouuer la maniere
De le faire en quelque maniere
Cheoir en voie de desesperance
Or auant il fault que mauence
Daller faire mon entreprise
　　　　　Ⓒ La dame
Ⓒ Aller ie men vueil a leglise
Pour ma priere humblement faire
Deuers la vierge de bonnaire
Qui porta le doulx createur
Affin quelle garde derreur
Mon mary que par sa grace

Vueille que son sainct plaisir fuët
Ly endroict magenoulleray
Et ma requeste luy feray
O douly confort dame dauctorite
Noble seiour ou la dtuinite
Se reposa pour les humains guerir
Tresor ioyeuy de grande dignite
Lys odorant par ta virginite
Iesus portas qui tout peult remerir
Treshumblement a toy viens recourir
Et a genoulx icy te requerir
Que ta grace sur mon mary apaire
Par toy garde soit dame de mourir
Villainement si que ne puist perir
Sa poure .. ne par aulcun vitupere
Doulce vierge tresor tresplantureuy
Aduocate des poures langoureuy
Qui sont entez par leur fragilite
Vers toy ie viens euer tresamoureuy
Fay que sante ton confort sauoureuy
Car tu congnois ma grant necessite
Las mon mary par prodigalite
A consomme et fort debilite
Son demaine et sa pocession
Par toy vierge soit stabilite
En bonnes meurs et de mal acquite
Pour le sainct nom de ta conception
Tu as tant fait vers dieu pour les humains
Que de peril tu en as garde mains
Et deliure denfer doulce marie

Ie te supplie oy mes pleurs & mes plaine
Garde mon ame quelle ne soit perte
O doulx russeau fontaine tresserie
Qui endoulcis les cueurs remplis denute
Dy moy dame si te vient a plaisir
Pour mon mary humblement te supplie
Car ie voy bien que son sens fort varie
Le bon chemin na pas voulu saisir
O mon vray desir
Confort gracieux
Par toy puist choisir
Le regne des cieulx
Ouure tes deux yeulx
Estans luy ta grace
Et que en tous lieux
Ton saint plaisir face

⸿ Le pipeur

¶ Iay trop este en vne place
Il conuient aller gaingner
Despendu ay ia maint denier
De puis que naquestay vng blanc
Se trouuer me puis sur le banc
Et quelque gouion de lubie
Croyez que ie ne fauldray mie
A abatre pain largement
De piper ne crains nullement
Homme qui soit au monde vif
Mais pas ne fault estre hastif
Du premier quant on trouue proye
Iay icy cent soubz en monnoye

Et encore deux ou trois escuz
Mais que soie auec les plus druz
Je nattrapperay quoy quil couste
¶A maury
¶Sire ie voy venir sans doubte
Ung gallant vers nous ce me semble
¶Le cheualier
¶Laissez venir mais quil sassemble
Auecque nous enquerir fauldra
Qui il est

¶Anthenor
¶Il vient deuers sa
Monseigneur desia fort aproche
¶Le cheualier
¶Or auant donc sans reproche
Enquerir fault de son estat
¶Le pipeur
¶Japperoy ia vng grant debat
Il me conuient vers eulx tirer
Silz se veullent aduenture
[...]dez ou cartes somme toute
[...]s que fussions dessus le coute
[...] fait seroit bien
¶Amaury
¶Bau gallant
Ne vueillez estre refusant
Si vous plaist de dire ou allez
¶Le pipeur
¶Passer temps
Pour esbatre se vous voulez

Dyalogue dung

Tauernier et dung pyon en fracoys et en latin
Imprime nouuellement

¶ Le pyon commence

A Peri tu michi portas
Hoste est il tour presentement
Hec est vera fraternitas
Qui a son goust tout prestement
Se tu as en toy tenement
Diuersa dolia vini
Oy te dira ioyeusement
Vbi possunt hec discerni

Lhoste

¶ Amen amen dico vobis
Jay vin pour restourir son homme
Et habitauit in nobis
Du pays de grece ou de romme
Sachez que nest point vin de somme
Aspectus eius vt falgur
Lest vng vin bref que tout assomme
Et postea videbitur

Le pyon

Vtinam et hoc saperent
Les compagnons de la frarie

A·i·

Quey bene intelligerent
Si vient destrange seigneurie
Quant vins seuffrent quon les charie
Leteria sont meliora
Mais silz sont de saincte marie
Sunt prioribus peiora   Lhoste
Non licet omnibus Bri
De telz cas ilz sont si fors
Quod cause fuerilett
De mille hommes dessus les potz
Tous les iours plus yures que portz
Consturbant prelia
Tant quer la fin ilz cy sont mors
Mille et decem millia   Le pyon
¶ Laude ... in hoc rey laudo
Mais venons au plus prouffitable
Sedendo et quiescendo
Lame et plus prudente et capable
Se tu as chose fauorable
Infunde cordibus nostris
Et nous mietz deux potz sur la table
A dextris et a sinistris   Lhoste
¶ AB initio et ante
Quil ny ait hutin ne tempeste
Videte et vigilate
Que soyt paye de ma teste

Si voulez auoir bonne feste
Candite nunc mihi sma sensus
Car quant on a le vin en teste
Cutus non potet accessus
        Le pion.
Noli esse incredulus
Je ten prie amoureusement
Nec sine cqurs et mulus
Du point il y a dentendement
Tu nous maines bien rudement
Quoniam si voluisses
Mande nous eusse prestement
Dolueris celi et pisces
Et Non est qui faciat bonum
Si fais brouetz ou potaige
Et non est vsqz ad vnum
Qui paye sans auoir dommaige
Je nay point le vin dabuantaige
Ab aquilone et mary
Chascun entende mon langaige
Non hodie sicut heri
        Le pion.
Reddite michi leticiam
Je te prie entrons en ioye
Et non in auariciam
Cest vng peche que lhomme noye
          Apll.

Lhoste.

Apostule nous pour noz monnoye
De domo tua Vitulos
Et nous rostys auec Vne oye
De gregibus tuis hircos
Hoste.
Quadraginta anni sui
Sans auoir de Vous Vne maille
Hec facitis et tacui
Dissimulant quil ne mey chaille
Mais desormais quoy quil en aille
Argento redimini
Il nya promesse qui Vaille
Promittis napimiant
Le pion.
Omne promissum debitum
Selon noz coustumes et loix
Et qui non habet argentum
Qui soit de mise ou dor ou de poix
Il doit souffeir iusques a deux moys
Sola fides in anima
Du quil soblige pour deux foys
A8 inferius nouissima
¶ Omne promissum dabitum
Lest cela que Vous Voulez dire
Si caba. in opprobrium
Encore ne sey faict oy que rire

Hoste

Et moy menasser et mauldire
Cum gladiis et fustibus
Ceulx puissent tumber sans rire
In noctis vehementibus
¶ Fuerunt signe querela
Jusques a cy tous noz propos
Sed ne ventant scandalla
Terminoy noz faitz a briefz motz
Pastez chaulx et feu de gros bos
Vallent inter angustias
Aussi sont vin braige de potz
Ad futuras iniurias
¶ Ha non sic impii non sic
Se querez vostre hoste en menace
Surrepit vere non est sic
Querez ailleurs qui bien vous face
Se pour vous portoit la besache
Mendicare erubescit
Mais il veult bien que chascun saiche
Qui patitur sepe vincit
¶ Inhistincta multitudo
Sont les parolles et proces
In deo iure iurando
Je te iure qua grans excés
Par bondons/vertuus et faulcetz
Vins mense redundabune

Et ou tu passes a piedz secz
Illic naues per transibunt

Lhoste.

Vanum est Vobis surgere
Pour moy faire telle insollence
Qui se existimat stare
Garde soy de faire cadence
S'aucun de Vous me fait offence
Est qui querat et iusticiet
Mieulx luy Vauldroit comme pense
Si natus nunquant fuisset
Quid est quod odio de te
Meschant malheureux morfondu Le ployi
Potens et iniquitate
Et nas puissance ne Vertu
Se tu nas tantost attendu
In Voces inimicorum
Onc homme ne fut mieulx batu
Inter natos mulierum Lhoste.
Omnes bibite ex eo
Despeschez Vous sans plus attendre
Altias oues habeo
Ou il me fault aller entendre
Quen abisme puissez descendre
Sicut deglatiuit dathan
Je Voy bien que de Vous le mendre

Signaret fluminis et ham   Lepyon
In profundum quasi lapis
Puissez faire tresbuchement
Et quasi pre lombum in aquis
Puissez tomber subitement
Et pour ton mauuais pensement
Fugam in eas et agar
Et consumpre finablement
Cum habitantibus cedar   Lhost
Dies illa dies ire
La resistance plus ny vault
Sed quid vultis michi dare
Puis qua sa perte venir fault
Doz gens seans et bas et hault
Quesierunt cibum sibi
Au moins dictes meschant corbault
Ego respondebo tibi

        Lepyon

Quod differtur non aufertur
Mais sil en faissoit faire plet
Superfluum videretur
Si ten auoye vng seul bourbet
Et ton papier en vng anglet
Scribantur sermones mei
Du nen escript rien sil te plaist
Annos in mente habuit

Lhoste

Discite a me omnes
Jusqua ce quoy vous mandera
Juuenes et virgines senes
Beny soit qui vous mauldira
Car par vous on me trouuera
Papercy m ly abscondito
Et demourer me conuiendra
Solitarius in tecto   Le pyoy
CA facie inimici
Est compaigne lhoste a la fin
Sintq3 dies eius pauci
Puis il na plus ne pain ne vin
Il soit dar une comme ung denig
Pre confusione sua
Son gendre aussi son orphelin
Et vxor eius vidua

Lhoste

C Lesus sumpsuisch ter virgis
Et mieulx en pure coloferne
Dispergentur oues gregis
Puis quil nia qui les gouuerne
Entre vous qui tenez tauerne
Estote fortes in bello
Car sauenns y vont sans lanterne
Latent i y tessaculo   Finis

Sermon ioyeulx de la vie saint ongnon.

Côment pazuzarden le maistre cuisinier le fist martirer. auec les miracles qlfaict chascunioure.

Ne me puist coup les genolz
se ie ne suis tout esbahy
Du iay prins ce latin icy
Que ma dame saile sibou le
Apuist sait ongnõ a lescolle
A tollette auec saint Perre
Je scay bien le ciel et la terre
Dont il yssit haute et sain
De terre ne sortit oncnul saint
Ce se ne fut vng preudhom
Qui auoit nom saint lazaron
Bonnes gens priez saint ongnon
Que sa vie ie vous puisse dire
Tost la diray sans vous desdire
Quant ie seray vng peu plus grant
Jay este ennuit moult en grant
Destudier en sa legende
Mais affin que chascun sentende
Je vous vueil sa vie racompter
Droit au tiers fueillet du psaultier

Trouuerez en escript credo
In superby couste quansio
Creature ongnonnaris
Dieu doit bien mettre en paradis
Saint ongnon qui du mal eut tant
Dy treuue en escript qung tirant
Qui estoit queux dune cuisine
Si le prist par grande hayne
Car il ne le pouoit aymer
Aultrefoys lauoit fait pleurer
Par sa science et par sa force
Saint ongnon fut vestu descorce
Oncques ne vestit verd ne gris
Moult durement fut amesgris
Et apoury puis quil fut ne
Dung tirant fut trop mal mene
A saint ongnon per sa la peau
Et lescorcha dung boy cousteau
En trente pieces le despeca
Oncques larron tant ne pecha
Com cestuy dont ie deuise
Puis le fist bouillir en huille
Et puis la faulce creature
Le bouillit lendemains au beurre

a.ii.

Et puis si le bouillit en sain
Brouille auec maint Joudain
Le bouillit aussi au cyue
Et puis fut mis en ung paste
En ce saint lieu il fist miracle
Quon doit mieulx priser que triacle
Car en souffrant ces griefz tourment
Sentit plus doulcement quencens
Ne que fin baulme dozient
Encore en voit en apparent
Maint miracle noble et grant
Car auec mal saine viande
Est chose moult appetissante
Il fault pour auoir guarison
Menger et vser saint ongnon
Soit cuit soit creu puis quoy mengue
Une viande dissolue
Telle que teste de mouton
Trippes macquerreaux ou saulmon
Harenc puant soit blanc ou sor
Saint ongnon vault son pesant dor
Et porte grande medecine
Fait miracle moult noble et digne
Car saint ongnon en plusieurs lieux

Il fait plorer et mal aux yeulx
Il fait plorer les gens naurez
Tant quil en est éuertuin z
Pour sa grant puissance quil a
Saint ongnon telle puissance e
Que se vng homme de faulce matiere
Desiroit la mort de son pere
Ou de son frere germain
Ou dung sien amy bien prochain
Dont meschance luy puist venir
Si le veoit enseuelir
Sans faire mal ne demener
Saint ongnon le feroit pleurer
Si tendrement de ses deux yeulx
Que il seroit si tresshideux
La legende qui est escripte
Et les miracles que te dis
Sont en ces cendres par escriptz
Et si y sont les grans pardons
Que vous orrez par mes raisons
Comment viendront gresles et gros
Mais il vous conuient a buef, morz
Faire ce quil mest aduis
Je vous commandi mes amys

Pensez de boire et de menger
Gardez vous de rien espargner
Et dapprocher cheual qui tripette
Et de lombre dune charrette
Vous gardez aux champs et rues
Et de folz qui portent massues
De boire auec sergens
Des noises de petis enfans
De riens paper sans demander
Et de pesant fardeau charger
Daller a pied en long voyage
Et que nentrez point en mariage
Tel p entr qui sen repent
Et se pourete vous surprent
Que vous nayes dequoy payer
Si veus boutez en vng mouſtier
Et mettez les clefz deſſoubz lhuys
Vous aues beaux parſons acquis
A venir oyr mon sermon
Je prie a monsieur saint ongnon
Que cil qui fiſt le mont de gloire
Vous vueille garder de peu boire
Il vous conuient que vous priez
Pour   qui sont en sante

Et si priez pour les malades
Que dieu leur doint figues et dactes
Et si nont de quoy eulx apder
Jamais ne puissent ilz leuer
Dictes tous amen de cueur bon
Vous recommendant saint ongnon

Explicit

La vie saict harem
Et comment il fut pesche et martire.

Bonnes gēs oyez le sermō.
En celuy tp̄s q̄ fait raist
si fut trouue mait peterl
Il voult de ce siecle finer
ausi au millieu de la mer
Entre boulongne et angleterre
Du leyne treuue point de terre
Fut prins le corps de saint harens
Qui souffrit pis que saint laurens
Martyre fut et mis a mort
Quarante tyrans dung acord
Dedans vng basteau se bouterent
De nuit et de iour tant pescherent
A leurs raps ⁊ a leurs filletz
Qua saint Haren fut attrappez
Et de ces freres plus de cent
Mais il leur vint vng si grant vent
Que a peu quilz ne se noyerent
Adonc saint Haren aporterent
A diepe fut son saint corps mis

Il vint vng yurongne estourdy
Entour mynupt a la chandelle
Qui le portaa la tauerne
Sur le gril le mist pour rostir
Et puis le gourmant sans faillir
Le menga auec ses aux
Les aultres ont charge sur cheuaulx
Et les enmainent a paris
Et si en ont ce mest aduis
Que en caques formant salerent
De telz peut qui le brusserent
Tout vif dont ce fut grant dommage
Oncques on nen fist tel oultraige
Comme on en fist ceste annee
Car il fut mis a la fumee
Pendu en guise de larron
Et depuis menge au cresson
Au vinaigre et a la moustarde
Mais ie me donnay de garde
Que ce sainct dont nous parlons
fut mis auec des ongnõs
En vng pot par maintz morceaulx.
Et fut happe de deux ribaulx

a.ii.

Qui lemporterent par grant haste
Depuis fust mis le saint en paste
En quaresme certainement
Il fait crier bien souuent
Dedans paris en plusieurs lieux
Saint hareng est moult precieux
Il fait des miracles souuent
Il faist tousser assez de gens
Chacun scait bien que pas ne ment
Il fait gainer les tauernies
Saint hareng est moult a priser
Qui tant est renoume en france
Saint hareng donne pitance
Aux carmes aux augustins
Aussi faist il aux iacopins
Saint hareng qui bien le nomme
Il est congneu iusques a romme
Aussi est il en engleterre
En flandres et en plusieurs terres
En bourgongne en auuergne
En portingal et en espaigne
Et du coste des grans montaignes
En prouuence et en lambardie
En normendie et en loraine

En berry et en acquitaine
Et sur la riuiere de faire
Se fait porter a mainte faire
Par le monde se fait porter
De saint dont ouy auez
Il uftne au miseu de la mer
En son saint corps nuft point damez
Ne ney mengea oncen sa vie
De cela re vous affie
Mais bien souuent vouloit il boire
Mais bonnes gens vous debuez croire
Que quant on menge saint harenc
On y doibt boire bien souuent
Aussi com vous morez refraire
Il y en a de deux monieres
Luy est sor et lautre est blanc
Et si en a de bien puant
Car on dit tout communement
En vng prouerbe bien souuent
Se harenc put cest sa nature
Sy fleurebon cest auenture
Poures gens ne le dient mye
Car souuent leur sauue la vie
Tant est graticulx et courtois

On le mengue auec les poys
En caresme certainement
Chacun si scait bien se le mene
Et ses bonnes gens de village
En font souuent de bon potage
Cest grant pitie que saint harene
Est martyre ainsi souuent
Car en le saint temps de caresme
Dieu iusques en angoulesme
Est martire ce saint martir
Car souuent le fait on rotir
Sur le gril ou sur le charbon
Mais il viendra vne saison
Que saint harene fera miracles
Quon doit mieulx priser que triacles
Vous auez ouy le sermon
De saint harene si pardonnon
Tous les pcchez de ceste annee
Et de celle qui est passee
Et trois cens ans de vray pardon
Et dix mois cest vng noble don
Nous pyprons pour la poure gent
Que dieu leur doint faulte dargent
Et silz veulent au besoing secours.

Quil leur face tout au rebours
Pour cardinanlx et pont euesques
Pour lishaulx et pour archeuesques
Ne fault il ia faire priere
Car tout va sen denant derriere
Mettons nous tretous a genoulz
A dieu ne souuienge de vous
Ne nous chault comme tout en aille
Dessus ou dessoubz vaille qui vaille
Dites amen deuotement
Cy finst le sermon saint harene
Explicit.